松本みく

デイジー・メドウズ 作　田内志文 訳

RAINBOW magic レインボーマジック

24

エメラルドの妖精《フェアリー》
エミリー

「わあ！　こんなに大《おお》きな
おもちゃ屋《や》さん見《み》るのはじめて！」
どちらをむいても、
すごいおもちゃがならんでいます。

エメラルドの妖精《フェアリー》
エミリー

ムーンストーンの妖精《フェアリー》
インディア

ガーネットの妖精《フェアリー》
スカーレット

トパーズの妖精《フェアリー》
クロエ

アメジストの妖精《フェアリー》
エイミー

サファイアの妖精《フェアリー》
ソフィ

ダイヤモンドの妖精《フェアリー》
ルーシー

Rachel Kirsty

レイチェルとカースティ

妖精《フェアリー》たちと友《とも》だちの、なかよしのふたり。
魔法《まほう》の宝石《ほうせき》をとりもどすおてつだいをすることに!

Jack Frost

ジャック・フロスト

氷《こおり》のお城《しろ》に住《す》んでいる妖精《フェアリー》。
人間《にんげん》の世界《せかい》にちらばった宝石《ほうせき》が、
妖精《フェアリー》たちにとりもどされないように
邪魔《じゃま》をします。

Goblin

ゴブリン

みにくい顔《かお》と、
おれ曲《ま》がった鼻《はな》をしている、
ジャック・フロストの手下《てした》。

Customers

お客《きゃく》さん

おもちゃ屋《や》さんに買《か》いものにきた夫婦《ふうふ》や、
親子《おやこ》のお客《きゃく》さん。

もくじ

第《だい》1章《しょう》　おもちゃでトラブル　11
第《だい》2章《しょう》　鏡《かがみ》の魔法《まほう》　29
第《だい》3章《しょう》　ゴブリンがやってきた　41
第《だい》4章《しょう》　ゴブリン逃亡《とうぼう》　57
第《だい》5章《しょう》　ゴブリン追跡《ついせき》！　67
第《だい》6章《しょう》　上《うえ》へ！　79

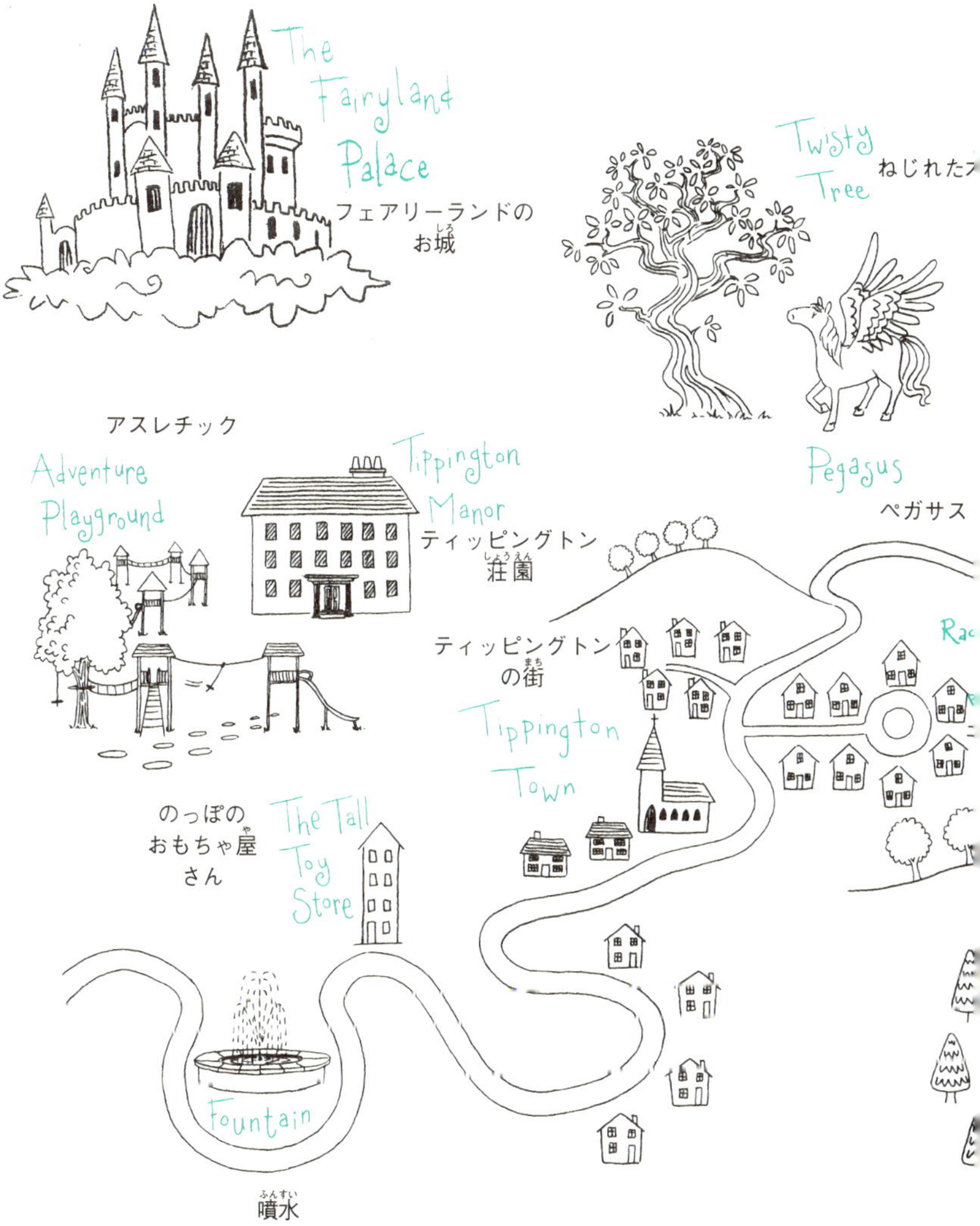
The Fairyland Palace
フェアリーランドのお城《しろ》
Twisty Tree
ねじれた
アスレチック
Adventure Playground
Tippington Manor
ティッピングトン荘園《しょうえん》
Pegasus
ペガサス
ティッピングトンの街《まち》
Tippington Town
のっぽのおもちゃ屋《や》さん
The Tall Toy Store
Fountain
噴水《ふんすい》

ナリンダー・ダーミに感謝をこめて

RAINBOW MAGIC-JEWEL FAIRIES #3 EMILY THE EMERALD FAIRY by Daisy Meadows

First published in Great Britain in 2005 by
Orchard Books, 338 Euston Road, London NW1 3BH

Japanese translation rights arranged with HIT Entertainment Limited
through Owls Agency Inc.

つめたい氷《こおり》の魔法《まほう》をかけて
燃《も》える光《ひかり》の七《なな》つの宝石《ほうせき》を消《け》してしまうぞ。
魔法《まほう》の力《ちから》がなくなれば
わしの氷《こおり》のお城《しろ》もとけだすまい。

妖精《フェアリー》どもは宝石《ほうせき》を見《み》つけ
もちかえろうと探《さが》しまわるだろう。
だがゴブリンどもをつかわして
いっぱい邪魔《じゃま》をしてやるぞ。

第《だい》1章《しょう》

おもちゃでトラブル

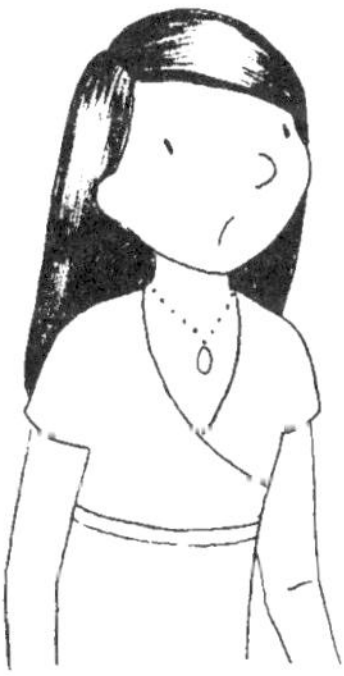

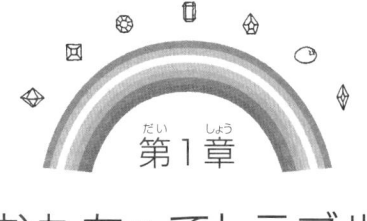

「わあ！」

カースティ・テイトは、びっくりして目《め》をまん丸《まる》くしながらため息《いき》をつきました。

「こんなに大《おお》きなおもちゃ屋《や》さん見《み》るのはじめて！」

いちばんのなかよし、レイチェル・ウォーカーがわらいます。

「そうでしょ」

レイチェルがいいました。

「すごくない？」

カースティがうなずきました。

どちらをむいても、すごいおもちゃがならんでいます。

おもちゃ屋《や》さんの一角《いっかく》には、いろんなかたちや大《おお》きさの人形《にんぎょう》がかざられていて、そのよこには、目《め》をみはるような人形《にんぎょう》の家《いえ》たちがならんでいます。

ロープのはられたスペシャル・エリアには、リモコンの車《くるま》やバス、タンク・ローリーや飛行機《ひこうき》たちがあふれていて、そのよこに自転車《じてんしゃ》や三輪車《さんりんしゃ》、銀色《ぎんいろ》のキックボードたちがならんでいます。

たなには、カースティが聞《き》いたこと

のあるボード・ゲームがぜんぶ、ビデオ・ゲームの山《やま》、そしてコンピュータが高《たか》くつみあげられています。

天井《てんじょう》からはカラフルな凧《たこ》がつりさげられていて、そのよこにいろんな色《いろ》のふうせんや、とてもかわいいつりかざりがならべられています。

まだ一階《いっかい》しか見《み》ていないのに、それでもカースティが見《み》てきたどんなおもちゃ屋《や》さんよりもすごいのです！

「あっちを見《み》て、カースティ！」

レイチェルが人形《にんぎょう》を指《ゆび》さしながらいいました。

カースティの目《め》に『妖精《フェアリー》フローレンスとお友《とも》だち』という看板《かんばん》が飛《と》びこんできました。

看板《かんばん》のまわりにぐるりと集《あつ》まっている人形《にんぎょう》たちを見《み》まわします。

妖精《フェアリー》フローレンスは長《なが》いピンクのドレスを着《き》ていて、ちょっとさえない、ひとむかし前《まえ》の人形《にんぎょう》みたいに見《み》えます。

カースティとレイチェルは顔《かお》を見《み》あわせると、思《おも》わずふきだしてしまいました。

「妖精《フェアリー》フローレンス、ぜんぜん妖精《フェアリー》に見《み》えないじゃない！」

レイチェルがささやき、カースティがうなずきます。

レイチェルとカースティは、本物《ほんもの》の妖精《フェアリー》たちがどんな姿《すがた》をしているか、何《なん》回《かい》も会《あ》ったことがあるからよく知《し》っているのです。

ふたりはたびたびフェアリーランドをおとずれて、妖精《フェアリー》たちがこまっているのをたすけてあげてきたのでした。

事件《じけん》はいつだって、つめたくてとげとげ頭《あたま》のジャック・フロストが、手下《てした》にしているずるがしこいゴブリンたちといっしょになっておこします。

ほんの何日《なんにち》か前《まえ》、オベロン王《おう》とティタニア女王《じょおう》が、レイチェルとカースティの手《て》をかりようとよびよせました。

女王様《じょおうさま》のティアラから、ジャック・フロストが七《なな》つの魔法《まほう》の宝石《ほうせき》をぬすんでしまったのです。

その七《なな》つの宝石《ほうせき》は、フェアリーランドの魔法《まほう》の多《おお》くをあやつっている、とてもとても大事《だいじ》な宝石《ほうせき》なのです。

ジャック・フロストは、その魔法《まほう》をひとりじめしようとたくらんでいたのです。

しかし、宝石《ほうせき》の光《ひかり》と熱《あつ》さで氷《こおり》のお城《しろ》がとけだしてしまうと、すっかり怒《おこ》って、石《いし》たちを人間《にんげん》の世界《せかい》にほうりだしてしまったのでした。

妖精《フェアリー》たちの魔法《まほう》がすべてなくなってしまう前《まえ》に、ふたりは宝石《ほうせき》たちを見《み》つけだして、フェアリーランドにもどさなくてはいけません。

「家《いえ》に帰《かえ》る前《まえ》に、のこりの魔法《まほう》の宝石《ほうせき》たちも見《み》つかるといいのになあ」

カースティがレイチェルに、少《すこ》しだけ心配《しんぱい》そうな顔《かお》をしてみせました。

「とにかく、この中休《なかやす》みの終《お》わりまでしか、ここでいっしょにいられないんだもの」

「ええと、いまのところインディアのムーンストーンと、スカーレットのガーネットを見《み》つけたのよね」

レイチェルが念《ねん》をおしました。

「とにかく、目《め》を光《ひか》らせていましょう」

「うん、魔法《まほう》の宝石《ほうせき》にも、そしてゴブリンたちにもね！」

カースティがいいました。

ジャック・フロストが手下《てした》のゴブリンたちを送《おく》りこんで、宝石《ほうせき》をとりもどそうとする妖精《フェアリー》たちの邪魔《じゃま》をしようとしているのを、ふたりとも知《し》っているのです。

「やあ、ふたりともここにいたのかい」

レイチェルのパパがやってきました。

「ふたりで見《み》てまわるかい？　あとでどこかで会《あ》おう」

「パパは列車《れっしゃ》のコーナーにいきたくてたまらないのよ」

レイチェルが、にやりとわらいながらカースティにいいました。

「もう夢中《むちゅう》なんだから」

レイチェルのパパがわらいます。

「ああ、でも今日《きょう》はパパにもちゃんとした理由《りゆう》があるんだぞ」

レイチェルのパパがいいました。

「マークが今度《こんど》たんじょう日《び》だから、プレゼントを買《か》ってやらなくちゃいけないんだ。ぼくが名前《なまえ》をつけてあげたんだけど、あの子《こ》は列車《れっしゃ》に目《め》がないからね」

ポーッ！　ポーッ！

とつぜん聞《き》こえた笛《ふえ》の音《おと》に、カースティは飛《と》びあがってしまいました。

「見《み》て、カースティ」

レイチェルが笑顔《えがお》でさけびます。

「列車《れっしゃ》がくるわ！」

カースティは顔《かお》をあげてみました。

いままで気《き》づきませんでしたが、頭《あたま》の上《うえ》にはお店《みせ》じゅうに線路《せんろ》がはりめぐらしてあり、ならべられたおもちゃのすき間《ま》をぬうようにして、列車《れっしゃ》が走《はし》っているのです。

おもちゃの列車《れっしゃ》が線路《せんろ》の上《うえ》、警笛《けいてき》をなら

しながらこちらにやってきます。

「どうだい、すごいだろう?」

レイチェルのパパが、走《はし》りすぎていく列車《れっしゃ》を見《み》てほほえみながらいいました。

「じゃあふたりとも、あとで。三十分後《さんじゅっぷんご》に、お店《みせ》の入《い》り口《ぐち》でまちあわせよう」

「わかったわ」

レイチェルが答《こた》えました。

彼女《かのじょ》がカースティにわらいかけます。

「さあ、見《み》てまわりましょう」

ふたりはお店《みせ》の中《なか》をぐるぐる歩《ある》きはじめました。

お人形《にんぎょう》コーナーをすぎ、お客《きゃく》さんたちがラジコン・カーであそんでいる、ひもでしきられたエリアにきました。

「すごくはやいね！」

ゆかの上《うえ》をぐるぐる走《はし》りまわる、ぴかぴか明《あか》るい赤《あか》をした車《くるま》を見《み》て、カースティが目《め》をみはりました。

「この赤《あか》いのにしましょうよ」

カースティのよこに立《た》っていた女《おんな》の人《ひと》が、ほほえみながらご主人《しゅじん》のほうをむいていいました。

「きっとスチュアートも気《き》にいるわ!」

ラジコン・カーを操作《そうさ》していたご主人《しゅじん》が、ボタンをおしました。

車《くるま》は急《きゅう》ブレーキで止《と》まると、右《みぎ》がわにごろりと回転《かいてん》し、また着地《ちゃくち》すると走《はし》りさっていきました。

「すごいわ!」

カースティがすっかり見《み》とれながらため息《いき》をつきました。

「でしょう?」

女《おんな》の人《ひと》が、ふたりに親《した》しげにほほえみながらいいました。

「うちの小《ちい》さなスチュアート、きっとこれであそんだら夢中《むちゅう》になるわ」

彼女《かのじょ》は、車《くるま》をぐるぐる丸《まる》く走《はし》らせているご主人《しゅじん》のほうをむきました。

「もしあの子《こ》に勝《か》ち目《め》があるとしたら、これだわ！」

レイチェルもカースティもわらいました。

そして、その場《ば》をはなれようとくるりとふりむいたときに、カースティがきょとんとまばたきをしました。

目《め》のはしになにかが見《み》えたのです。

なにか、銀色《ぎんいろ》にきらめくものが……。

カースティがぱっとそっちをむきました。

彼女《かのじょ》のそばのかべに長《なが》い鏡《かがみ》がかかっていて、ガラスの表面《ひょうめん》が動《うご》いています。

波《なみ》うちながら、ゆらめきながら、まるでとうめいな水《みず》をはったプールのようです。

「わあ！」

カースティが息《いき》をのみました。

「レイチェル、見《み》て！」

レイチェルはゆらめく鏡《かがみ》の表面《ひょうめん》を見《み》て、目《め》を丸《まる》くしました。

「これ、魔法《まほう》？」

びっくりしてふたりが見《み》つめていると、ゆらめく鏡《かがみ》になにかがうつりました。

七歳《ななさい》くらいの小《ちい》さな男《おとこ》の子《こ》が、さっきふたりが見《み》たのとおなじ、キラキラ光《ひか》る赤《あか》いラジコン・カーであそんでいます。

楽《たの》しそうに車《くるま》を見《み》つめてわらいながら、男《おとこ》の子《こ》はコントローラーのジョイスティックをたおしています。

小《ちい》さな赤《あか》い車《くるま》は、ふたりにまっすぐむかってきました。

レイチェルとカースティは、いそいでむきをかえると、猛《もう》スピードの車《くるま》をさけようとジャンプしました。

けれど、おどろいたことに、そこにはなにもなかったのです。

男《おとこ》の子《こ》もラジコン・カーも、すっかり消《き》えてしまっていたのでした！

第《だい》2章《しょう》

鏡《かがみ》の魔《ま》法《ほう》

レイチェルもカースティもぱちくり大《おお》きくまばたきをすると、お店《みせ》の中《なか》をながめまわしました。

小《ちい》さな男《おとこ》の子《こ》たちはいますが、鏡《かがみ》にうつっていた男《おとこ》の子《こ》は見《み》あたりません。いったいどうやれば、こんなにはやく姿《すがた》を消《け》すことができるでしょう？

「どうしたんだろう？」

レイチェルが目《め》をこすりながらいいました。

「気《き》のせいだったのかなあ？」

カースティはまた鏡《かがみ》に目《め》をやりました。

魔法《まほう》のようなゆらめきはガラスから消《き》えて、すっかりたいらなふつうの鏡《かがみ》になっています。

その鏡《かがみ》に、さっき赤《あか》いラジコン・カーを見《み》ていた夫婦《ふうふ》が、レジでお金《かね》をはらっているのが見《み》えました。

「でもあの男《おとこ》の子《こ》、本物《ほんもの》みたいだったよ」

カースティが不思議《ふしぎ》そうにレイチェルにいいました。

「きっと、妖精《フェアリー》の魔法《まほう》よ」

ふたりで歩《ある》きながら、レイチェルがささやきました。

「でも、どんな意味《いみ》があるんだろう？」

「わからないなあ」

カースティが答《こた》えます。

「きっとすぐにわかるわよ！」

ふたりは、ジョーク・グッズや、安《やす》いおもちゃを売《う》っているコーナーに入《はい》っていきました。

ゴムでできたにせもののクモや、プラスチックの兵《へい》たいたち、恐竜《きょうりゅう》、農《のう》場《じょう》の動物《どうぶつ》たちのほかに、えんぴつ、消《け》しゴム、絵《え》の具《ぐ》、ビーズなどもたくさんたなにならんでいます。

「ママ！」

小《ちい》さな女《おんな》の子《こ》が、レイチェルとカースティのほうにむかって通路《つうろ》を走《はし》ってきました。

とてもこうふんしたように、大《おお》きなシャボン玉《だま》のビンをふっています。

「ママ、どこにいるの？　あたし、これがほしい！　世界一《せかいいち》大《おお》きなシャボン玉《だま》ができるって書《か》いてあるのよ！」

けれど、その子《こ》がレイチェルとカースティの前《まえ》を通《とお》りすぎるときに、指《ゆび》からビンがすべり落《お》ちてしまいました。

ビンはゆかにぶつかると、われてしまいました。

ビンの中身《なかみ》がぶくぶくとあわをたてて、お店《みせ》の白《しろ》いゆかにこぼれだしました。

「きゃあ！」

女《おんな》の子《こ》はひめいをあげて、わんわんなきだしてしまいました。

「なかないで」

カースティがすばやくいいました。

「わざと落《お》としたわけじゃないんだから」

ちょうどそのとき、女《おんな》の子《こ》のママがいそいでやってきました。

後《あと》から店員《てんいん》さんもついてきます。

「まあ、ケイティ！」

ママはそういうと、女《おんな》の子《こ》をぎゅっとだきしめました。

「いいのよ、おなじものを買《か》ってあげますからね」

「ゆかも、わたしたちがきれいにするからね」

店員《てんいん》さんがやさしくいいました。

「ありがとうございます」

ケイティのママは心《こころ》からそういいました。

女《おんな》の子《こ》はほほえみながら、ママといっしょにシャボン玉《だま》売《う》り場《ば》のほうに歩《ある》いていきました。

店員《てんいん》さんはモップをとりにいきます。

「お人形《にんぎょう》の家《いえ》を見《み》ようか」

カースティがいいました。

しかし、レイチェルは、びっくりした顔《かお》でゆかをながめています。

「カースティ、あれを見《み》て！」

彼女《かのじょ》はカースティのうでをぎゅっとつかんでささやきました。

カースティがゆかを見《み》おろします。ゆかにこぼれたシャボン玉《だま》の水《みず》がキラキラ光《ひか》りながら、さっきの鏡《かがみ》みたいに波《なみ》うっているではありませんか！

ゆっくりと、その中《なか》に絵《え》がうかんでくるのが見《み》えました。

ケイティです。

お天気《てんき》のいい庭《にわ》で、きれいな大《おお》きいシャボン玉《だま》をふきながら、しあわせそうにあそんでいます。

「これ、ぜったいに妖精《フェアリー》の魔法《まほう》よ」

レイチェルは、絵《え》が消《き》えてしまうといいました。

「わたしたち、未来《みらい》におこるできごとを見《み》てるんだわ！　お家《うち》でシャボン玉《だま》あそびをするケイティと、あとさっきの赤《あか》いラジコン・カーの子《こ》は、きっとスチュアートよ」

カースティはじっと考《かんが》えこみました。

「どこか近《ちか》くに、魔法《まほう》のエメラルドがあるのかなあ？」

カースティがたずねます。

「あの石《いし》は、見通《みとお》せる石《いし》だもの」

レイチェルがうなずきました。

「きっとそうだと思《おも》うわ……」

レイチェルがいいかけます。

ポーッ！　ポーッ！

ふたりは、店内《てんない》を走《はし》る小《ちい》さな列車《れっしゃ》を見《み》あげました。

線路《せんろ》の上《うえ》を走《はし》り、ふたりのすぐ頭《あたま》の上《うえ》にきています。

けれども、近《ちか》づいてくるにつれて、レイチェルはじっと目《め》をこらしました。

「エンジン室《しつ》の中《なか》に、なにか光《ひか》るものがあるわ」

レイチェルがいいました。

カースティは目《め》を細《ほそ》めてエンジンをのぞきこむと、ふと、レイチェルがなにをいっているのかわかりました。

「あれ、エメラルドの妖精《フェアリー》エミリーだわ！」

カースティがうれしそうに息《いき》をのみました。

第《だい》3章《しょう》

ゴブリンがやってきた

エミリーは列車《れっしゃ》から身《み》をのりだすと、キラキラしたエメラルド・グリーンの杖《つえ》を、レイチェルとカースティにむけてふりました。

やがて、列車《れっしゃ》がふたりのすぐそばまでくると、エミリーはぱたぱたと飛《と》びだして、レイチェルの肩《かた》の上《うえ》にまいおりました。

丈《たけ》の短《みじか》いエメラルド・グリーンのドレスを着《き》て、まったくおなじみどり色《いろ》のバレエ・シューズをはいています。

長《なが》くてつやつやした赤毛《あかげ》のストレートのかみは背中《せなか》に流《なが》れ、ぴかぴかかがやく、トンボのかたちをしたエメラルドのヘアピンで、顔《かお》が見《み》えるようにとめられています。

「やっとだわ！」

エミリーが、みどりの目《め》をかがやかせながらいいました。

「会《あ》えてほんとうによかった。もうあっちこっち探《さが》しまわっちゃったんだから」

「わたしたちも、会《あ》えてよかったわ」

カースティが答《こた》えました。

「なんだか、とても変《へん》なことがおこってるのよ」

「あのたなのうらに、ちょっとかくれましょう」

レイチェルがさっというと、だれにも見《み》られていないことをたしかめるようにキョロキョロ見《み》まわしました。

「いわなくちゃいけないことがたくさんあるの、エミリー！」

ほかのお客《きゃく》さんたちからすっかり見《み》えない場《ば》所《しょ》に移《い》動《どう》すると、ふたりは鏡《かがみ》とシャボン玉《だま》の中《なか》に見《み》た映《えい》像《ぞう》のことを話《はな》して聞《き》かせました。

エミリーがうなずきます。

「それは見通《みとお》せる魔法《まほう》よ」

エミリーがいいました。

「つまり、あたしのエメラルドがどこか近《ちか》くにあるってことね」

「探《さが》すのをてつだうわ」

カースティがいいました。

「でも、これじゃあどこにあるかわからないわ」

レイチェルは、大《おお》きな店内《てんない》を見《み》まわしながら首《くび》をひねりました。

「それに、ゴブリンのかくれ場所《ばしょ》だってたくさんあるわよ」

エミリーがいいました。

彼女《かのじょ》はぱたぱたとおりてくると、レイチェルのポケットに入《はい》りこみました。

「気《き》をつけなくっちゃ」

ふたりはお店《みせ》のまん中《なか》まででていくと、ならべられたおもちゃの中《なか》を歩《ある》きはじめました。

エミリーがレイチェルのポケットから外《そと》をのぞいています。

するといきなり、レイチェルがカースティのうでをぎゅっとにぎりしめました。

「あのみどり色《いろ》に光《ひか》っているの、なんだろう?」

こうふんしたようにレイチェルがいいました。

「どこ?」

カースティがたずねます。

「あそこ、お人形《にんぎょう》のコーナー」

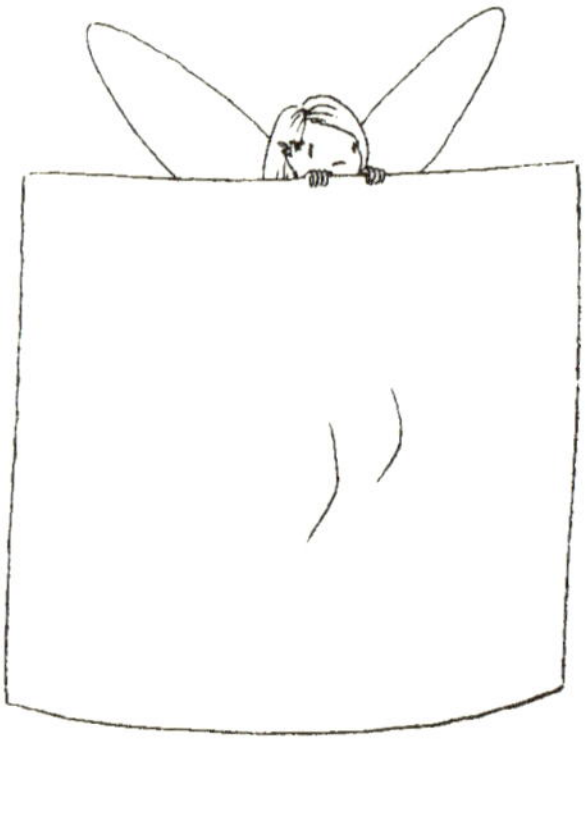

レイチェルが答《こた》えます。

心臓《しんぞう》をドキドキさせながら、彼女《かのじょ》はみどりの光《ひかり》が見《み》えた部屋《へや》のほうへとカースティの前《まえ》を歩《ある》いていきました。

「たしか、このあたりだったんだけど……」

「あれなにかしら？」

カースティが、光《ひかり》をあびてキラキラかがやく、みどり色《いろ》のビーズのネックレスをしている人形《にんぎょう》を指《ゆび》さしました。

レイチェルはもっと近《ちか》づいてよく見《み》てから、ざんねんそうな顔《かお》をしました。

「うん、これだったわ」

レイチェルがため息《いき》をつきます。

「心配《しんぱい》しないで」

エミリーが、レイチェルのポケットから顔《かお》をだしてささやきました。

「探《さが》していれば、ぜったいに見《み》つかるって」

ふたりはお店《みせ》をぐるぐる歩《ある》いて、おもちゃの中《なか》を探《さが》してまわりましたが、魔法《まほう》のエメラルドはどこにも見《み》あたりません。

「あそこにみどりの光《ひかり》があるわ！」

エミリーがいきなりいいました。

ふたりはいそいでかけつけてみました。

しかし、みどりの光《ひかり》の正体《しょうたい》がビデオゲームだとわかると、がっかりしてしまいました。

「どうやら、エメラルドはここにはないみたいね」

レイチェルが首《くび》をよこにふりました。

カーステイが上《うえ》を見《み》あげます。

「上《うえ》の階《かい》にいってみない？」

カーステイがいいました。

ふたりとエミリーは、エレベーターにのって次《つぎ》の階《かい》にいきました。

二階《にかい》のほうがずっとしずかでした。

お客《きゃく》さんはほとんど見《み》あたらず、たったひとりの店員《てんいん》さんは、レジのむこうで書類《しょるい》しごとにいそがしそうです。

「きっと、あたしのエメラルドがどこかにあるはず」

エレベーターからおりながら、エミリーがそっとささやきました。

「感《かん》じるの。遠《とお》くないわ！」

カーステイが目《め》をぱちくりさせました。

たったいま、みどりの光《ひかり》が見《み》えたような気《き》がしましたが、気《き》のせいだったのでしょうか？

いいえ、また光《ひかり》が見《み》えました。

「なにか見《み》えるわ！」

カースティがこうふんしたようにいいました。

「あっちのぬいぐるみのコーナーよ」

ふたりとエミリーは、もっと近《ちか》くで見《み》てみようといそぎました。

そこには、数《かぞ》えきれないほどのかわいらしいぬいぐるみがならべられていました。

テディベアもあり、ふつうに見《み》かける動物《どうぶつ》たちはなんでもそろっています。

レイチェルとカースティは、ぬいぐるみのねこ、犬《いぬ》、牛《うし》、ペンギン、シマウマ、そしてほかの動物《どうぶつ》たちをながめまわしました。

なんと、金色《きんいろ》の大《おお》きなたてがみをもった、黄金《おうごん》のライオンまでいます。

「見《み》て」

カースティが、もこもこの黒《くろ》ねこを指《ゆび》さしながらいいました。

ふかふかしたおもちゃのてっぺんにのっていて、なめらかな長《なが》い毛《け》なみです。

しかしレイチェルは、その黒《くろ》ねこがアーモンドの形《かたち》をしたみどり色《いろ》の目《め》をしていることに気《き》づいていました。目《め》は電気《でんき》の光《ひかり》でキラキラと光《ひか》り、かがやいています。

「エミリー、あの目《め》のかたほうがあなたのエメラルドっていうことはない？」

レイチェルは、ねこを見《み》つめながらいいました。

「ちょっとまってて」

エミリーが答《こた》えます。

彼女《かのじょ》はレイチェルのポケットから飛《と》びだすと、ねこのところまで飛《と》び、じっくりと目《め》をのぞきこみました。

すぐにエミリーは、うれしそうに小《ちい》さなさけび声《ごえ》をあげると、ねこの右目《みぎめ》を指《ゆび》さしました。

「これ、あたしのエメラルドだ！」

エミリーがさけびます。

カースティとレイチェルは、顔《かお》を見《み》あわせてわらいました。

「カースティ、ねこをおろしてくれない？」

エミリーがいいました。

「あたしにはちょっと重《おも》すぎて無理《むり》みたいなの」

カースティはうなずくと、ねこのほうに背《せ》のびをしました。

つま先立《さきだ》ちをすれば、なんとかとどきそうです。

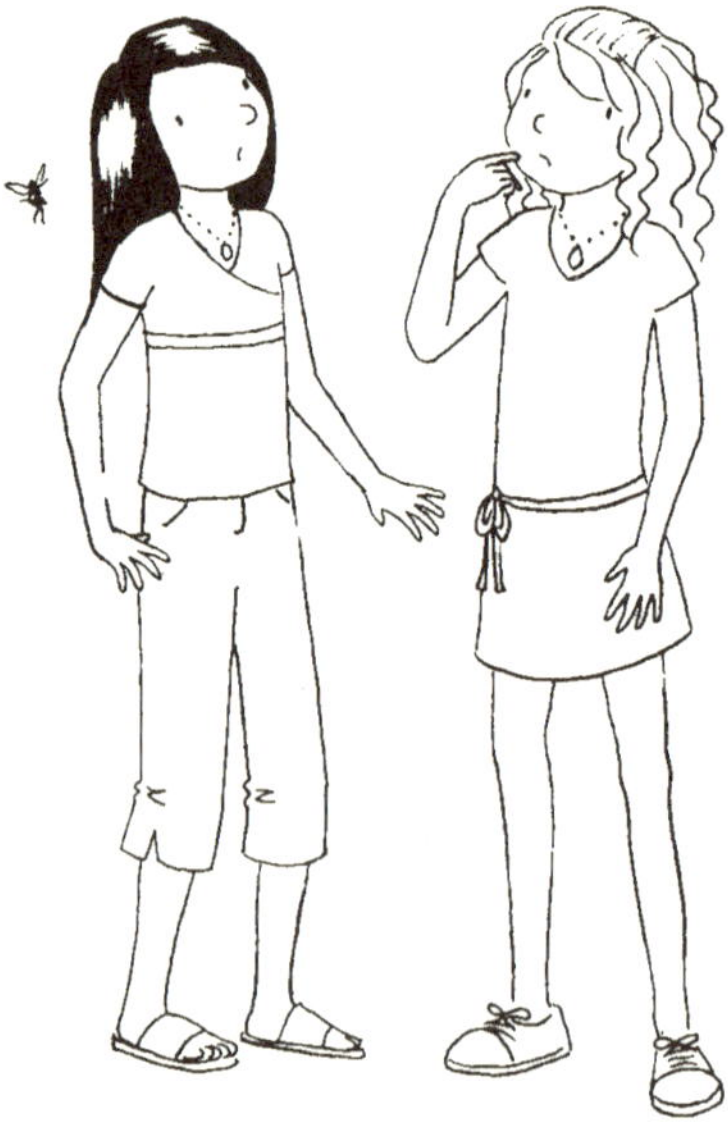

ブーン！
カースティは、頭《あたま》の上《うえ》から聞《き》こえてきたエンジン音《おん》に上《うえ》を見《み》あげました。
彼女《かのじょ》のよこで、レイチェルとエミリーもおなじように音《おと》の正体《しょうたい》を探《さが》しています。

とつぜん、みんなは大《おお》きな銀色《ぎんいろ》をしたおもちゃの飛行機《ひこうき》が、まっすぐこちらに飛《と》んでくるのを見《み》つけました。

パイロットは、飛行用《ひこうよう》のゴーグルと手《て》ぶくろ、そして長《なが》くて白《しろ》いスカーフを身《み》につけています。

けれども、カースティがじっと目《め》をこらすと、肌《はだ》がみどり色《いろ》なのが見《み》えました。

なんと、ジャック・フロストのゴブリンが、操縦《そうじゅう》かんをにぎりしめているではありませんか！

カースティは魔法《まほう》のエメラルドのほうをふりむくと、ゴブリンがやってくる前《まえ》にとりだしてしまおうと心《こころ》に決《き》めました。

しかし、ぬいぐるみのねこをつかもうと手《て》をのばしたそのとき、飛行機《ひこうき》がカースティにむかってきたのです。

飛行機《ひこうき》が通《とお》りすぎるときに、ゴブリンは手《て》ぶくろをはめた片手《かたて》をつきだすと、カースティの指先《ゆびさき》からねこをさらっていってしまいました！

第《だい》4章《しょう》

ゴブリン逃亡《とうぼう》

「ハハハ！」

ゴブリンは、さもゆかいそうにわらいました。

「魔法《まほう》のエメラルド、もーらいっ！」

「もどってきなさいよ！」

あわてて顔《かお》を見《み》あわせるカースティとレイチェルのよこで、エミリーがさけびました。

「あたしのエメラルドを返《かえ》しなさい！」

ゴブリンはエミリーにむかって、舌《した》をだしてみせました。

「つかまえてみな！」

と、バカにしてわらいながら、操縦《そうじゅう》かんにむきなおりました。

飛行機《ひこうき》がむきをかえていきます。

「にげようとしてるわ！」

レイチェルがはっとしていいました。

エミリーは、勇気《ゆうき》をだして飛行機《ひこうき》めがけて飛《と》んでいくと、ゴブリンの手《て》からねこをうばいとろうとしました。

しかし、ゴブリンはちょっとだけ操縦《そうじゅう》かんから手《て》をはなすと、なんとひどいことに、エミリーをつきとばしたのです。

飛行機《ひこうき》はぐっとしずんでカーブしましたが、ゴブリンはすぐにたてなおしました。

いっぽう、かわいそうにエミリーはくるくると落《お》ちていきながら、羽《はね》をはげしく動《うご》かしてバランスをとろうとしています。

さいわいにも、やわらかいおもちゃのピラミッドの上《うえ》にそっと落《お》ちることができました。

レイチェルがカースティのほうをむきます。

「はやく！」

レイチェルがさけびます。

「いって、エミリーが無事《ぶじ》か見《み》てきて。わたしはゴブリンがにげるのを邪魔《じゃま》してみる」

カースティがうなずきました。

「エミリー」

たすけるためにかけよりながら、カースティが心配《しんぱい》そうによびかけます。

「だいじょうぶ？」

「だいじょうぶよ！」

エミリーが、ピンク色《いろ》をしたぬいぐるみのゾウの鼻《はな》の上《うえ》に立《た》ちあがろうとしながらさけびました。

「とにかく、あのゴブリンにあたしのエメラルドをもっていかせちゃダメ！」

レイチェルはひっしになって、ゴブリンのいく先《さき》をさえぎることができるものを探《さが》しました。

飛行機《ひこうき》はエレベーターにむかっています。

レイチェルが思《おも》うに、もし中《なか》ににげこまれてしまっては、もうエメラルドをとり返《かえ》すことはできそうにありません。

ふと、レイチェルは、たくさんのふうせんがゴブリンのすすむ方向《ほうこう》にふわふわとつなぎ止《と》められているのを見《み》つけました。

彼女《かのじょ》は走《はし》っていくと、大《おお》いそぎでひもをほどきました。

ちょうどゴブリンが頭《あたま》の上《うえ》を通《とお》っていくときに、レイチェルはふうせんたちをはなしました。

ふうせんは、すぐにうきあがりはじめ、飛行機《ひこうき》のまわりをとりかこんでしまいました。

「おい、どうなってやがるんだ！」

ゴブリンがわめいているのがレイチェルに聞《き》こえました。

「なんにも見《み》えねえよう！」

レイチェルは見《み》あげてみました。

ゴブリンはふうせんをたたいておいやろうとしていますが、そうすると操《そう》縦《じゅう》かんをはなさなくてはいけません。

飛行機《ひこうき》はぐんぐんしずみ、鼻先《はなさき》から落《お》ちていきます。

「たすけてえ！」

ゴブリンがほえました。

そして、ぬいぐるみのねこを落《お》とすと、両手《りょうて》で目《め》をおおってしまいました。

「墜落《ついらく》しちまうよう！」

飛行機《ひこうき》と黒《くろ》ねこは、テディベアの山《やま》の上《うえ》にどさりと落《お》ちて、その中《なか》にうずもれてしまいました。

息《いき》をきらしたゴブリンが、ぶつぶつつぶやきながらはいだしてきているところに、レイチェル、カースティ、エミリーがかけつけました。

「あいつ、エメラルドを落《お》としたわ」

エミリーがふたりにささやきます。

「はやく見《み》つけてとっちゃいましょ」

カースティとレイチェルは、テディベアの山《やま》の中《なか》を探《さが》しはじめました。

ゴブリンはふたりをギラリとにらみつけると、おもちゃの山《やま》の中《なか》に飛《と》びこみ、テディベアをあちこちになげだしながらもぐっていきました。

「あいつより先《さき》にエメラルドを見《み》つけるわよ！」

カースティがさけびました。

「もうおそいもんね！」

ゴブリンがバカにするようにさけぶと、おもちゃの山《やま》の底《そこ》からはいだしてきました。

「もうつかまらない。それにこいつだって、もうおれのもんだからな！」

そして、エメラルドの目《め》をしたねこをふたりにむけてふると、舌《した》をぺろりとだしてかけだしたのです！

第《だい》5章《しょう》

ゴブリン追跡《ついせき》!

「おいかけるわよ！」

エミリーが不安《ふあん》そうな声《こえ》でさけびました。

「まだ、あいつがエメラルドをもってるわ！」

レイチェルとカースティは、ゴブリンの後《あと》をおいかけました。

エミリーが、そのすぐよこを飛《と》んでついていきます。

さいわいお客《きゃく》さんはいないので、人《ひと》に見《み》られる心配《しんぱい》はありません。

しかし、このゴブリン、すごくずるがしこいのです。

たなやおもちゃのかげを、あっちこっちにげまわりながら、ふたりにリードをゆるしません。

「きっと二手《ふたて》にわかれたら、つかまえられるチャンスがくるかもしれないわ」

レイチェルがいいました。

カースティはスピードを落《お》とすと、あたりを見《み》まわしました。

「あいつ、どこいったんだろう？」

カースティがたずねます。

ゴブリンの姿《すがた》はどこにも見《み》えません。

「さっきまでここにいたのに」

レイチェルが首《くび》をかしげます。

「消《き》えちゃうなんてこと、ないんだけどなあ」

「あそこにいるわ！」

エミリーがさけびながら、かがやく杖《つえ》でさしました。

ふたりがそっちをむくと、ゴブリンはうでにかかえたぬいぐるみのねこを上下《じょうげ》にゆらしながら、全速力《ぜんそくりょく》で階段《かいだん》へと走《はし》っていくところでした。

「にがさないで！」

レイチェルがさけんで、にげていくゴブリンの後《あと》をフルスピードでおいかけます。

すると、階段《かいだん》をあがってくる足《あし》音《おと》に、ゴブリンが急《きゅう》ブレーキで止《と》まりました。

階段《かいだん》が使《つか》えないとわかるとゴブリンはひっしになって、ほかのにげ道《みち》をきょろきょろと探《さが》しました。

そして、おもちゃの車《くるま》やトラックがならべられたたなのむこうに、さっと飛《と》びこみました。

ふたりとエミリーは通路《つうろ》を走《はし》っていくと、角《かど》をおれて次《つぎ》の通路《つうろ》に入《はい》っていくゴブリンの姿《すがた》を、ぎりぎりのところで見《み》つけました。

「つかまえられそう！」

カースティがいいました。

「止《と》まらないで！」

レイチェルとカースティは走《はし》って角《かど》をまがったところで、あやうくつまづきかけました。

ゴブリンはたなからおもちゃの箱《はこ》をひっぱり落《お》として、ふたりのゆく手《て》を邪魔《じゃま》していたのです。

「まって、ふたりとも！」

エミリーがさけびました。

ゴブリンはケラケラとわらいながら、またかけだしていきます。

エミリーはなれた手《て》つきで杖《つえ》をふると、箱《はこ》の上《うえ》にフェアリーダストをまきちらしました。

すぐに箱《はこ》は空中《くうちゅう》にうかびあがると、きちんと元《もと》のたなにおさまりました。

「わかれておいかけたらどう?」

レイチェルが、カースティとエミリーに小声《こごえ》でいいました。

「そうすれば、おいつめられるかもしれないし」

「いい考《かんが》えね」

カースティがうなずきました。

通路《つうろ》のはしっこで、レイチェルは右《みぎ》にいきました。

ゴブリンはまた姿《すがた》を消《け》しています。

けれども、おもちゃのたなのあいだをレイチェルが走《はし》っていくと、目《め》の前《まえ》で通路《つうろ》を走《はし》っていくゴブリンの姿《すがた》が見《み》えたのです。

「つかまえた！」

レイチェルが、ゴブリンの肩《かた》をつかまえようと手《て》をのばしながらさけびました。

しかし、ゴブリンのほうがすばやかったようです。

ゴブリンは、すぐよこのたなから青《あお》いスケートボードをつかみとると、それをゆかにおいて飛《と》びのったのです。

みがかれたゆかをすべっていくゴブリンを、つかもうとしたレイチェルの指《ゆび》がぎりぎりかすめました。

「おしいわ、レイチェル！」

エミリーがはげますようにさけびながら、彼女《かのじょ》のところに飛《と》んできました。

「見《み》て！」

カースティがはっとした顔《かお》でやってきました。

「あいつ、エレベーターにむかってる！」

エレベーターのドアは開《ひら》いたまま、だれかがのるのをまっていて、スケートボードはまっしぐらにそこへむかっています。

ゴブリンは勝《か》ちほこったような笑顔《えがお》でみんなをふりむくと、とくいげにぬいぐるみのねこをふってみせました。

「きゃあ、つかまえられなくなっちゃう！」

エミリーがなきそうな声《こえ》をだしました。

けれど、カースティはまだまだあきらめません。まわりのおもちゃのたなを見《み》まわすと、なにか、なんでもいいから、ゴブリンを止《と》められるものを探《さが》します。

すると、その視線《しせん》が明《あか》るい色《いろ》にぬられたブーメランたちに止《と》まりました。

「エミリー、魔法《まほう》でてつだってもらえない？」

カースティは、そのうちの一本《いっぽん》を手《て》にとるといいました。

エミリーはうなずくと、杖《つえ》をふりかざしました。

カースティは、ゴブリンがもっているぬいぐるみのねこにねらいをさだめると、ブーメランをなげました。

ブーメランは空気《くうき》をきりさいて飛《と》んでいきましたが、ゴブリンの近《ちか》くで少《すこ》しまがってしまいました。

レイチェルは、はっとしてくちびるをかみました。こんなにみんながんばったというのに、ゴブリンは、エメラルドをもってにげさってしまいそうなのです。

しかし、エミリーがさっと杖《つえ》をふると、きらめくフェアリーダストがブーメランをおいかけだしました。

そしてとどくと、ブーメランはまた元《もと》のコースにもどり、矢《や》のようにまっすぐゴブリンにむかっていったのです。

みんなの目《め》の前《まえ》でブーメランはくるくるとまわりながら飛《と》んでいき、ぬいぐるみのねこにぶつかると、ゴブリンの手《て》からたたき落《お》としてしまいました！

黒《くろ》ねこがゆかに落《お》ちても、スケートボードは走《はし》りつづけます。

ゴブリンは怒《おこ》ったように大声《おおごえ》でほえました。

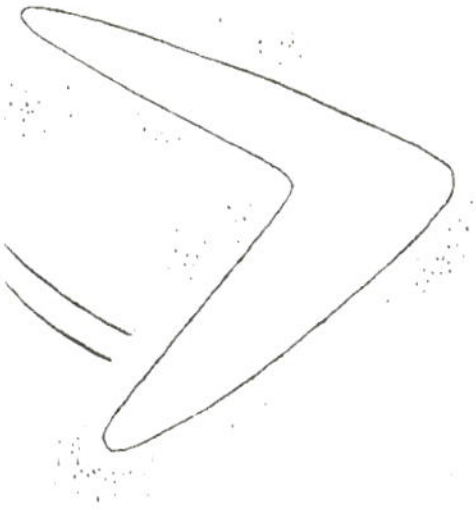

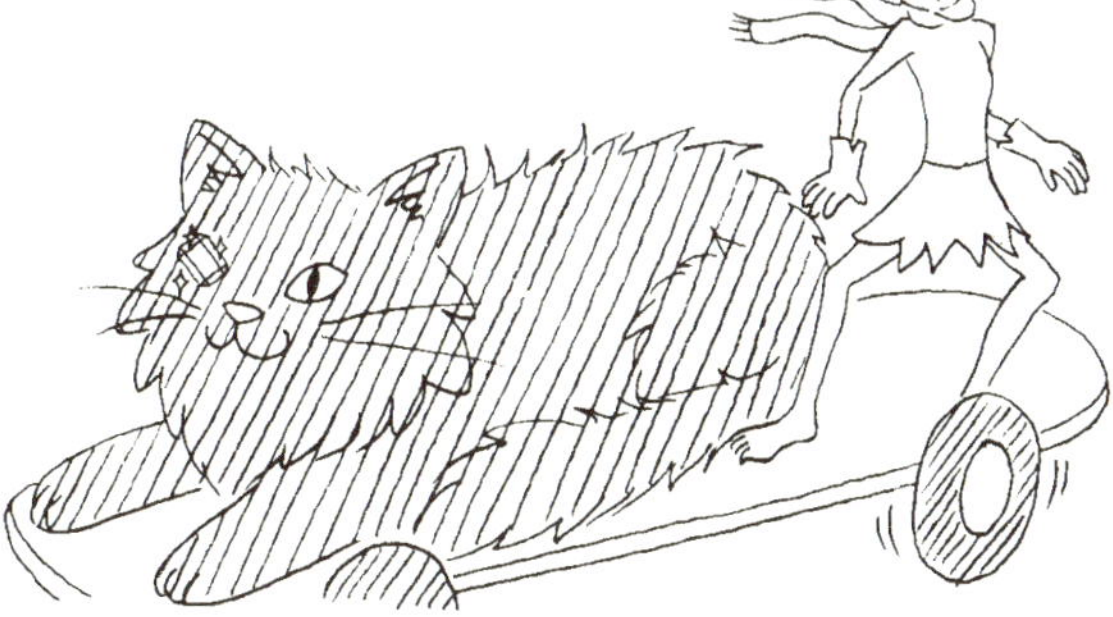

第《だい》6章《しょう》

上《うえ》へ!

「いまいましい妖精《フェアリー》の魔法《まほう》め！」

怒《おこ》ったゴブリンがさけびます。

しかし、もうどうしようもありません。

スケートボードから飛《と》びおりるには、スピードがですぎているのです。

ゴブリンは、カースティとレイチェルがねこにかけよって拾《ひろ》いあげるのを、ふりむきながらながめていました。

「そいつを返《かえ》せ！」

エレベーターにむかっていくスケートボードの上《うえ》から、ゴブリンがさけびます。

「じょうだんでしょ！」

レイチェルがわらいました。

「それよりも、自分《じぶん》がどこにむかっているのかわかってるの？」

カースティがいいました。

スケートボードは、あけっぱなしのエレベーターのドアを通《とお》りぬけ、かべにぶつかりました。

ゴブリンは、ドサリとゆかになげだされてしまいました。

　ふらふらとよろめくゴブリンは、けがこそしていないものの、すっかりぷりぷり怒《おこ》っている様子《ようす》です。

　ゴブリンは、こうふんしたようにドアへと突進《とっしん》しましたが、ドアはぴしゃりと閉《し》まって、中《なか》に閉《と》じこめてしまいました。

　チーン！

　エレベーターは上《うえ》にのぼりはじめます。

「バイバイ、ゴブリン」

　エミリーがさけびました。

　カースティとレイチェルは、エレベーターの中《なか》からもれてくるゴブリンのどなり声《ごえ》に、わらいだしてしまいました。

「ふたりとも、またたすけてくれたわね」

エミリーは、カースティの肩《かた》にまいおりてくるとそういいました。

「どうお礼《れい》をいったらいいのかわからないわ」

「エメラルドをとりもどせただけで、じゅうぶんうれしいわ」

カースティが、黒《くろ》ねこを拾《ひろ》いあげながらいいました。

きれいな魔法《まほう》のエメラルドが、みんなにキラキラとかがやさかけています。

「ごめんね、子《こ》ねこちゃん」

エミリーはそういうと、ぬいぐるみのねこにほほえみました。

「でも、あなたよりもあたしのほうがこのエメラルドがひつようなの！」

彼女《かのじょ》は杖《つえ》をふりあげると、みどりのキラキラを黒《くろ》ねこの上《うえ》にまいちらせました。

魔法《まほう》のエメラルドが、やわらかくカースティの手《て》のひらに落《お》ちると、あたらしいみどりのひとみが、ねこの目《め》にあらわれました。

「さあ、あなたはフェアリーランドに帰《かえ》るのよ」

エミリーはそういうと、杖《つえ》で宝石《ほうせき》にさわりました。

「ティタニア女王《じょおう》とオベロン王《おう》が、あなたに会《あ》うのをとても楽《たの》しみにしているから！」

宝石《ほうせき》からきらめくみどり色《いろ》のフェアリーダストがまいあがり、カースティの手《て》からエメラルドがぱっと消《き》えさりました。

「レイチェル、わたしたちも下《した》におりて、あなたのパパのところにいかなくっちゃ」

カースティは、うで時計《どけい》を見《み》ながらいいました。

「うん。わたしたちは階段《かいだん》でいこう!」

レイチェルはそういってわらいました。

「ふたりとも、たすけてくれてありがとう」

エミリーは、かわいらしいキラキラとした声《こえ》でいいました。

「あなたたちがひとつ宝石《ほうせき》を見《み》つけてくれるたびに、宝石《ほうせき》の魔法《まほう》がひとつひとつフェアリーランドにもどっていくのよ」

エミリーが杖《つえ》をふりました。

「さようなら、そしてがんばってね！」

エミリーはそういうと、まいちるフェアリーダストの中《なか》に消《き》えていきました。

レイチェルとカースティは顔《かお》を見《み》あわせてほほえむと、いそいで階段《かいだん》をおりていきました。

レイチェルのパパは、たくさんふくろをもって、入《い》り口《ぐち》のよこにあるお店《みせ》でまっていました。

「やあ、ふたりともきたね」

と、パパはわらいました。

「ちょっともつのをてつだってもらっていいかい？」

パパはそういうと、ふたりにひとつずつふくろをわたしました。

「もう、マークったらいいなあ！」

レイチェルが中身《なかみ》をのぞきながらいいました。

「たんじょう日《び》プレゼント、こんないっぱいもらえるんだから」

パパは、少《すこ》しこまったような顔《かお》です。

「ええと、その中《なか》のいくつかはぼくのなんだよ、じつは」

パパがいいました。

「屋根《やね》うら部屋《べや》に、おもちゃの列車《れっしゃ》を走《はし》らせようと思《おも》ってね」

レイチェルがわらいました。

「それ、すごくいいアイデアだわ、パパ」

「でも、すごいぼうけんだったね」

お店《みせ》をでていくパパの後《あと》をついていきながら、カースティがレイチェルに耳《みみ》うちしました。

レイチェルがうなずきます。

そして今度《こんど》はほほえむと、ふくろをもってうれしそうに歩《ある》きながら、屋根《やね》うら部屋《べや》の計画《けいかく》を熱心《ねっしん》に説明《せつめい》しているパパを指《ゆび》さしました。

「あの話《はなし》のようすだと、わたしたちの次《つぎ》のぼうけんには、妖精《フェアリー》たちよりも列車《れっしゃ》のほうがたくさんでてきそうね！」

レイチェルはそういってわらいました。

レインボーマジック
宝石《ほうせき》の妖精《フェアリー》

インディア、スカーレット、そしてエミリーの宝石《ほうせき》が無事《ぶじ》もどりました。
レイチェルとカースティが次《つぎ》にたすけるのは、

トパーズの妖精《フェアリー》クロエです！

すてきな言《こと》葉《ば》を書《か》いてみよう

あなたたちが
見つけてくれるたびに、
宝石の魔法が
ひとつひとつ
フェアリーランドに
もどっていくのよ

Bubbles
She Even Talks!
Jenny
She Even Talks!
Jenny
She Even Talks
Jenny
She Even Talks
Jenny
She Even Talks!
Monkey Puzzle
Monkey Puzzle
Monkey Puzzle
Monkey Puzzle
Jungle Jigsaw
Jungle Jigsaw
Jungle Jigsaw
Jungle Jigsaw
1000 Pieces
100

RAINBOW magic

RAINBOW magic

エミリーからのもんだい　わかるかな？

①レイチェルのパパは、だれにプレゼントを買《か》った？

②鏡《かがみ》の中《なか》にうつった男《おとこ》の子《こ》の名前《なまえ》は？

③ゆかにこぼれたシャボン玉《だま》の水《みず》にうつったものはなに？

④おもちゃの飛行機《ひこうき》にのったゴブリンは、どんな格好《かっこう》だった？

⑤魔法《まほう》のエメラルドはどこにあったかな？

どんどん広《ひろ》がる！ レインボーマジックの世界《せかい》

宝石《ほうせき》の妖精《フェアリー》シリーズでは、
変身《へんしん》したゴブリンが大《おお》あばれ！

かかしゴブリン
「㉓ガーネットの妖精《フェアリー》スカーレット」より

パイロットゴブリン
「㉔エメラルドの妖精《フェアリ》エミリー」より

「㉕トパーズの妖精《フェアリー》クロエ」では、
どんな変身《へんしん》したゴブリンが!?

レインボーマジック第《だい》1〜3シリーズ　内容紹介《ないようしょうかい》

第《だい》1シリーズ　虹《にじ》の妖精《フェアリー》

妖精《フェアリー》たちの世界《ランド》に色《いろ》をとりもどして!!

レイチェルとカーステイは、夏休《なつやす》みに訪《おとず》れたレインスペル島《とう》で、ぐうぜん、小《ち》いさな妖精《フェアリー》ルビーを見《み》つけます。ルビーはおそろしいジャック・フロストに呪《のろ》いをかけられて、人間《にんげん》の世界《せかい》に追放《ついほう》された虹《にじ》の妖精《フェアリー》たちのひとりでした。レイチェルとカーステイが、ルビーにつれられてフェアリーランドにいくと、そこは色《いろ》のない白黒《しろくろ》の世界《せかい》。ふたりはジャック・フロストの呪《のろ》いをとき、フェアリーランドを色《いろ》のある平和《へいわ》な世界《せかい》にもどすため、7人《にん》の妖精《フェアリー》を探《さが》すぼうけんの旅《たび》へとでかけます!

①赤《あか》の妖精《フェアリー》ルビー

②オレンジの妖精《フェアリー》アンバー

③黄色《きいろ》の妖精《フェアリー》サフラン

④みどりの妖精《フェアリー》ファーン

⑤青《あお》の妖精《フェアリー》スカイ

⑥あい色《いろ》の妖精《フェアリー》イジー

⑦むらさきの妖精《フェアリー》ヘザー

第《だい》2シリーズ　お天気《てんき》の妖精《フェアリー》

たいへん！　魔法《まほう》の羽根《はね》がぬすまれちゃった！

風見《かざみ》どりドゥードルの魔法《まほう》の羽根《はね》をとりもどしに、
レイチェルとカースティのあらたなぼうけんの旅《たび》がはじまります！

⑧雪《ゆき》の妖精《フェアリー》クリスタル

⑨風《かぜ》の妖精《フェアリー》アビゲイル

⑩雲《くも》の妖精《フェアリー》パール

⑪太陽《たいよう》の妖精《フェアリー》ゴールディ

⑫霧《きり》の妖精《フェアリー》エヴィ

⑬雷《かみなり》の妖精《フェアリー》ストーム

⑭雨《あめ》の妖精《フェアリー》ヘイリー

第《だい》3シリーズ　パーティの妖精《フェアリー》

妖精《フェアリー》たちのパーティ・バッグをまもらなくっちゃ！

フェアリーランドの記念式典《きねんしきてん》を無事《ぶじ》に成功《せいこう》させるため、
妖精《フェアリー》たちといっしょに力《ちから》をあわせて、魔法《まほう》のバッグをまもります！

⑮ケーキの妖精《フェアリー》チェリー

⑯音楽《おんがく》の妖精《フェアリー》メロディ

⑰キラキラの妖精《フェアリー》グレース

⑱おかしの妖精《フェアリー》ハニー

⑲お楽《たの》しみの妖精《フェアリー》ポリー

⑳お洋服《ようふく》の妖精《フェアリー》フィービー

㉑プレゼントの妖精《フェアリー》ジャスミン

作《さく》　デイジー・メドウズ

訳《やく》　田内《たうち》志文《しもん》

埼玉県出身《さいたまけんしゅっしん》。文筆家《ぶんぴつか》。大学卒業後《だいがくそつぎょうご》にフリーライターとして活動《かつどう》した後《のち》、渡英《とえい》。

イースト・アングリア大学院《だいがくいん》にてMA in Literary Translationを修了《しゅうりょう》。

『BLUE』（河出書房新社《かわでしょぼうしんしゃ》）、『Good Luck』『Letters to Me』

『TIME SELLER』（ポプラ社《しゃ》）、『THE GAME』（アーティストハウス）

などの訳書《やくしょ》のほか、絵本原作《えほんげんさく》やノベライズも手《て》がける。

現在《げんざい》はスヌーカーの選手《せんしゅ》としても活動《かつどう》しており、
JSAランキング4位《い》。2005、2006年《ねん》スヌーカー全日本選手権《ぜんにほんせんしゅけん》ベスト16。

2006年《ねん》スヌーカー・ジャパンオープン、ベスト8。

2006年《ねん》スヌーカー・チーム世界選手権《せかいせんしゅけん》、日本代表《にほんだいひょう》。

2007年《ねん》タイランド・プロサーキット参戦《さんせん》。

装丁《そうてい》・本文《ほんぶん》デザイン　藤田知子《ふじたともこ》

口絵《くちえ》・巻末《かんまつ》デザイン　小口翔平《おぐちしょうへい》（FUKUDA DESIGN）

DTP　ワークスティーツー

レインボーマジック㉔　エメラルドの妖精《フェアリー》エミリー

2007年《ねん》11月《がつ》10日《か》　初版第《しょはんだい》1刷《ずり》発行《はっこう》

著者《ちょしゃ》　デイジー・メドウズ

訳者《やくしゃ》　田内志文《たうちしもん》

発行者《はっこうしゃ》　斎藤広達《さいとうこうたつ》
発行《はっこう》・発売《はつばい》　ゴマブックス株式会社《かぶしきがいしゃ》
〒107-0052 東京都港区赤坂《とうきょうとみなとくあかさか》1-9-3 日本自転車会館《にほんじてんしゃかいかん》3号館《ごうかん》
電話《でんわ》 03-5114-5050

印刷《いんさつ》・製本《せいほん》　株式会社《かぶしきがいしゃ》 暁印刷《あかつきいんさつ》

ISBN 978-4-7771-0785-8

ゴマブックスホームページ
http://www.goma-books.com/